Colección Primero Sueño

Cuerpo y escritura. Éstos son los dos elementos fundamentales que se entrelazan en los libros de esta colección, formando un tejido que es a la vez piel y página, palabra y goce (goce de la palabra). Los cuerpos y la escritura tienen ambos las huellas de la memoria; marcas, cicatrices que son también deseo, que son también historia. En este sentido, el erotismo es erotismo de los cuerpos, pero es también —y sobre todo— erotismo de la palabra. Lo erótico en estos textos es la transgresión (a las normas literarias, a las normas corporales...), la subversión, la "fuga" del lenguaje, el devenir palabra inscrita en la piel.
Lo erótico es la búsqueda de un lenguaje de creación y ruptura, de un lenguaje narrativo que roce la poesía, que se "con-funda" con lo poético. "¿Acaso existe una diferencia verdaderamente aprehensible entre la poesía y el erotismo?", se preguntaba Georges Bataille.
"Primero Sueño" es exploración de ese espacio indiferenciado, exploración de ese espacio de deseo.

Sandra Lorenzano
Directora de la Colección

Perros héroes

Mario Bellatin

Perros héroes

Tratado sobre el futuro de América Latina visto a través de un hombre inmóvil y sus treinta Pastor Belga Malinois

Diseño del folleto de instalaciones:
Aldo Chaparro

ALFAGUARA

Universidad del Claustro de Sor Juana

Colección
Primero sueño

PERROS HÉROES
D. R. © Mario Bellatin, 2003

ALFAGUARA
Universidad del Claustro de Sor Juana

De esta edición:
D. R. © Aguilar, Altea, Taurus, Alfaguara, S.A. de C.V., 2003
Av. Universidad 767, Col. del Valle
México, 03100, D.F. Teléfono 5688 8966
www.alfaguara.com.mx

Directora de la colección: Sandra Lorenzano
Universidad del Claustro de Sor Juana
Izazaga 92, Centro Histórico, México, D. F.
www.ucsj.edu.mx

Primera edición: mayo de 2003

ISBN: 968-19-1270-5

D. R. © Diseño de cubierta: Sergio Gutiérrez, 2003
D. R. © Fotografía de portada: Mario Bellatin

Impreso en México

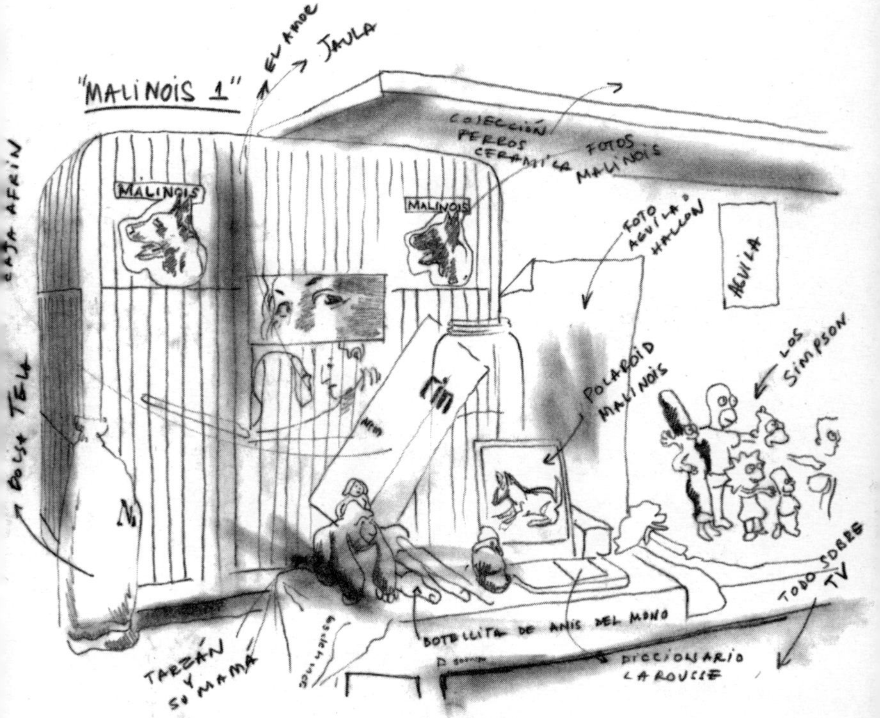
"MALINOIS 1"
EL AMOR
JAULA
COLECCIÓN PERROS CERAMICA
FOTOS MALINOIS
MALINOIS
MALINOIS
CAJA AFRIN
BOLSA TELA
FOTO AGUILA HALCON
AGUILA
LOS SIMPSON
POLAROID MALINOIS
TODO SOBRE TV
BOTELLITA DE ANIS DEL MONO
DICCIONARIO LAROUSSE
TARZÁN Y SU MAMÁ

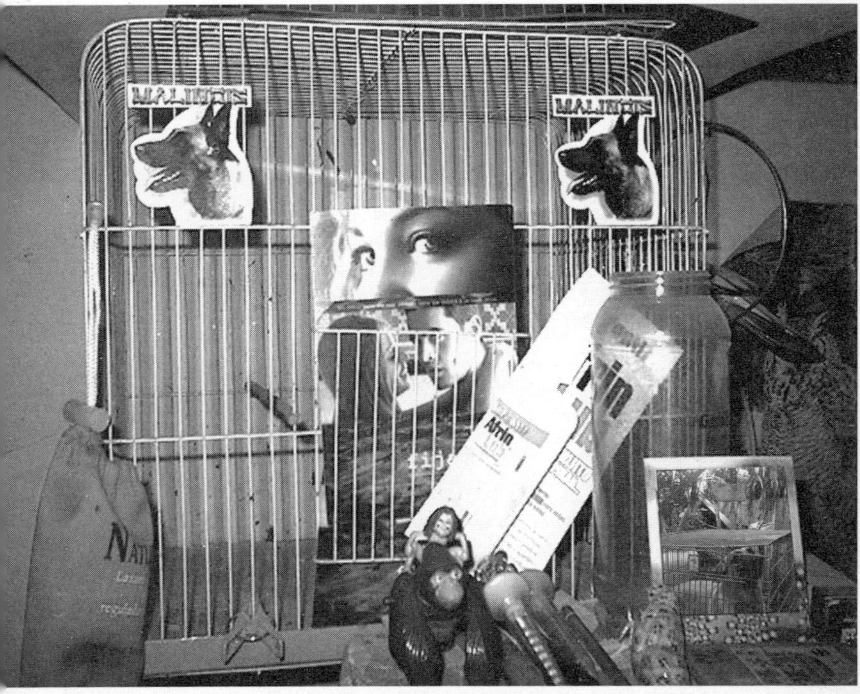
Afrin

Cerca del aeropuerto de la ciudad vive un hombre que, aparte de ser un hombre inmóvil —en otras palabras un hombre impedido de moverse—, es considerado uno de los mejores entrenadores de Pastor Belga Malinois del país. Comparte la casa con su madre, una hermana, su enfermero-entrenador y treinta Pastor Belga Malinois adiestrados para matar a cualquiera de un solo mordisco en la yugular. No se conocen las razones por las que, cuando se ingresa en la habitación donde aquel hombre pasa los días recluido, algunos visitantes intuyen una atmósfera que guarda relación con lo que podría considerarse el futuro de América Latina. Este hombre suele decir, en su casi incomprensible forma de hablar, que una cosa es ser un hombre inmóvil y otra un retardado mental.

Frente a la fachada se aprecian algunas jaulas. Cada una contiene un par de perros, que pasan la jornada entera lanzando agresivos ladridos a las personas que circulan por la acera. Si alguna se acerca a las rejas es tanta la furia desatada, que los animales terminan rompiéndose algún diente al morder los barrotes o atacándose unos a otros sin piedad. Cada vez que esto sucede, el hombre inmóvil emite chillidos agudos, motivados seguramente por la desesperación de no poder salir a espantar a los intrusos. Los perros quedan agitados y debe acudir el enfermero-entrenador a calmarles la ansiedad. Emplea juguetes a prueba de mordidas profundas y un número limitado de palabras en francés, idioma oficial para adiestrar Pastor Belga Malinois.

Nadie sabe si el enfermero-entrenador primero fue enfermero y luego entrenador, o viceversa, si antes fue entrenador y después enfermero. Se trata de un joven algo subido de peso que viste ropas deportivas un tanto desaliñadas. Más de una noche ha compartido la cama con el hombre inmóvil. Sobre todo cuando un dolor profundo atenaza una de sus piernas.

El hombre inmóvil asegura que no toda su vida mantuvo una quietud similar. Afirma que hasta hace unos años podía girar el cuello a uno y otro lado.

Las paredes del cuarto están pintadas de verde. En ellas cuelgan diversos diplomas que certifican la asombrosa destreza que posee aquel hombre para entrenar perros de conducta tan difícil como los Pastor Belga Malinois. El hombre inmóvil suele ser trasladado diariamente hasta un sillón situado junto a la cama. Allí el enfermero-entrenador le amarra, en torno a la cabeza, el auricular del teléfono. Detrás se mantiene atada un ave de cetrería, que es encerrada en una caja de madera cada vez que hacen entrar a uno de los Pastor Belga Malinois en la habitación.

El hombre inmóvil posee un álbum de fotos —que sólo permite mirar a algunas personas— con una colección de imágenes de los mejores ejemplares de Pastor Belga Malinois del mundo. Tras aclarar que una cosa es ser un hombre inmóvil y otra un retardado mental, el hombre inmóvil asegura que no hay perro tarado sino amo estúpido. De inmediato se echa a reír en forma desmesurada.

En la planta baja la madre y la hermana se dedican a una extraña labor, que tiene que ver con la clasificación de bolsas de plástico vacías. Ninguna de las dos parece estar de acuerdo con el ingreso de gente extraña en la casa. Muestran actitudes de fastidio cada vez que alguien es invitado a la habitación del hombre inmóvil. Ya que se le ha asignado la tarea de guiar a las visitas, el enfermero-entrenador se enfrenta a una situación embarazosa cuando llega alguien de afuera. Hace ya mucho tiempo que el hombre inmóvil recibe únicamente a personas relacionadas con la crianza de Pastor Belga Malinois.

En ciertas épocas del año, el hombre inmóvil decide deshacerse de alguno de los perros: "Sólo la sangre nueva otorgará los avances genéticos necesarios", asegura, y se echa nuevamente a reír.

El hombre inmóvil podría prescindir de todos los perros, menos de Annubis. Le sería más fácil deshacerse de su familia, del enfermero-entrenador o de su propia casa antes que de su animal preferido. En caso de que eligiera al perro en lugar de la casa, es algo cruel imaginárselo acostado junto a Annubis a un lado de la vía rápida que une el aeropuerto con la ciudad. El hombre inmóvil tiene la certeza de que su perro preferido impediría, de la manera más feroz posible, que alguien se acercara a su cuerpo tendido.

Pese a opiniones contrarias, de falsos especialistas principalmente, el enfermero-entrenador trata de convencer a las visitas de que el Pastor Belga Malinois es el perro ideal para personas con peculiaridades en sus cuerpos. Pone como ejemplo al hombre inmóvil, al que en voz alta y delante de los presentes califica de bulto. Afirma que cualquier perro normal hace tiempo se lo hubiera comido. Las visitas escuchan en silencio las palabras del enfermero-entrenador. Luego de unos minutos sugieren que no se le llame bulto al hombre inmóvil.

El hombre inmóvil pasa la mayor parte del día pidiendo que le lleven los perros a su habitación. Tiene preparados distintos sonidos para recibirlos. Algunos son casi imperceptibles. Es curioso comprobar cómo a partir de aquellos ruidos tan insignificantes los animales se echan, se paran, ladran, aúllan y vuelven a salir de la habitación. Algunas visitas, y a veces también el mismo enfermero-entrenador, aseguran que el hombre inmóvil ha logrado dominar de esa manera a los perros porque ha dedicado cada minuto de su vida a observar sus conductas. Cierta vez un grupo de intelectuales conocedores del caso catalogaron al hombre inmóvil como el psicólogo de perros más prominente de la ciudad.

Los Pastor Belga Malinois no sólo hacen pruebas de obediencia y valor dentro de la casa. Tal como lo certifican los diplomas que cuelgan en las paredes, han participado en innumerables competencias, muchas de carácter internacional. Los ejemplares del hombre inmóvil han sido campeones del *ring francés* principalmente, prueba de habilidades caninas que incluye rastreo, salto y valentía. También han destacado en ejercicios de defensa personal y en detección de olores de sustancias narcóticas. Nadie sabe cómo desde una rigidez tan absoluta el hombre inmóvil ha conseguido entrenar a sus perros en pruebas que exigen tanta animación. El enfermero-entrenador parece tener la respuesta. Sin embargo, nunca se atreverá a decirla en público.

Se tiene la impresión de que han pasado muchos enfermeros-entrenadores por la vida del hombre inmóvil. Pero con ninguno parece haber desarrollado una relación tan estrecha como la que mantiene con el actual. Si alguien buscara asignarle una edad definida al hombre inmóvil estaría haciendo mera especulación. A partir de una rápida observación física se le pueden calcular de treinta a cincuenta años de edad.

Puede resultar un detalle curioso señalar que en la parte opuesta del cuarto se encuentra colgada una jaula con media docena de pericos de Australia. Al verlos, se desvanece la idea de que el ave de cetrería está amarrada de una de sus patas por temor a que la devoren los perros. Parece que atando al ave se busca preservar más bien la vida de los pericos.

En otra de las paredes hay un gran mapa de América Latina, donde con círculos rojos se encuentran marcadas las ciudades en las que está más desarrollada la crianza de Pastor Belga Malinois. Sólo a ciertos visitantes la presencia de este mapa los lleva a pensar en el futuro del continente.

Sobre la mesa donde está colocado el aparato telefónico, cuyo auricular mantiene el hombre inmóvil atado todo el tiempo en torno a la cabeza, se encuentra una lámina a colores que muestra a más de una docena de naves espaciales recorriendo el espacio estelar. El hombre inmóvil le pide siempre a su hermana que deje por unos momentos su labor con las bolsas de plástico, y suba al segundo piso para recortarle algunas estampas de la lámina. Le solicita luego que inserte en cada una de las naves las imágenes de los perros. La hermana trata de no hacerle caso. Es más, ni siquiera ha subido nunca al segundo piso de la casa en la que habitan.

Con cierta regularidad, el hombre inmóvil ordena al enfermero-entrenador que le marque el número de teléfono de la Central de Informaciones. Pretende averiguar, ya en la realidad y no en el universo de las láminas, cuántos Pastor Belga Malinois son capaces de entrar en una nave espacial.

Hay una prueba a la que de cuando en cuando el hombre inmóvil somete al enfermero-entrenador. Se trata de una experiencia hasta cierto punto insólita. Comienza cuando el hombre inmóvil le pide al enfermero-entrenador que juegue en forma exagerada con Annubis. Que lo azuce hasta ponerlo feliz. El Pastor Belga Malinois parece ponerse muy contento con el joven vestido con ropa deportiva, quien es el único ser humano con el que desde cachorro mantiene un contacto real. El enfermero-entrenador ha sido el encargado de alimentar, asear y dar palmadas de cariño a Annubis desde el día en que nació.

Cuando Annubis da la apariencia de llegar a la cumbre de felicidad, el hombre inmóvil, por medio de señas, le ordena al enfermero-entrenador que salga de la habitación y lo deje a solas con el perro. El hombre inmóvil comienza entonces a emitir los sonidos necesarios para que Annubis lo mire fijamente y, entre otras señales, levante las orejas. Emite después un ruido, más enrevesado aún, que le avisa al enfermero-entrenador que debe entrar nuevamente al cuarto. Al verlo ingresar, Annubis se dispone a atacarlo con una fiereza indescriptible. El siguiente sonido que sale de la garganta del hombre inmóvil frena al perro en el aire. El hombre inmóvil reitera en ese momento que continúa siendo dueño de todo el poder. El enfermero-entrenador parece gozar con la satisfacción que la prueba con Annubis produce en el hombre inmóvil.

Unos minutos después, el hombre inmóvil acostumbra ordenar que le vuelvan a marcar el número de la Central de Informaciones. Quiere resolver sus dudas acerca de la relación entre los Pastor Belga Malinois y las naves espaciales. Sobre la mesa del cuarto se encuentra la lámina a colores de las naves con los recortes de los perros pegados encima. Ha sido el enfermero-entrenador quien ha usado las tijeras y colocado las figuras donde el hombre inmóvil deseaba que estuvieran puestas.

Es tan rápida la velocidad de la voz que contesta en la Central de Informaciones y tan lenta y distorsionada la que emite el hombre inmóvil, que a pesar de establecerse la comunicación la llamada no llega a buen término. La Central de Informaciones da por finalizado el contacto antes de que el hombre inmóvil pueda pronunciar la segunda vocal.

En la planta baja, la madre y la hermana continúan con el oficio de clasificación de bolsas de plástico. Aquel día no se espera a ningún visitante. Los perros están todos en sus lugares. En el piso de algunas jaulas hay todavía excremento que no ha sido recogido. El hombre inmóvil lo sabe, pues entre otras habilidades tiene bastante desarrollado el sentido del olfato. Sin embargo aquel día parece no importarle aquella situación. Algunos perros aullarán por no tener limpia su jaula. Otros olerán con insistencia tanto sus excrementos como los ajenos. En lugar de preocuparse por el estado de los animales, el hombre inmóvil afirmará sentir molestias en la pierna que siempre le duele. El enfermero-entrenador deberá hacerle masajes. La madre y la hermana gritan desde abajo para consolarlo. El enfermero-entrenador aprovechará ese momento para pedirles a las dos mujeres su consentimiento para pasar la noche en la habitación.

Mientras están a punto de dormir —los dos juntos en la misma cama— el hombre inmóvil tiene la esperanza de que a la mañana siguiente los despierte la llamada de la Central de Informaciones proporcionando el dato de cuántos Pastor Belga Malinois caben en una nave espacial. En tanto se materializa la esperada comunicación, el hombre inmóvil se consuela pensando en que los círculos marcados sobre las ciudades del mapa de América Latina son, sin lugar a dudas, los espacios más adecuados para que se lleve a cabo sin tropiezos la crianza de Pastor Belga Malinois. Así lo comprueban los ensayos llevados a cabo en otros planetas del sistema solar.

Se puede pensar que en la casa del hombre inmóvil nadie tiene conocimiento de las circunstancias en las que fue contratado el actual enfermero-entrenador. Se cree que no es el primero en ocupar el puesto. Cuando se menciona al primer enfermero-entrenador, el hombre inmóvil grita como nunca y la hermana busca esconderse debajo de las faldas de la madre. El anterior enfermero-entrenador aparece en muchas de las fotos donde se ve al hombre inmóvil compitiendo en los *rings* en los que ha participado. Se trata de un sujeto de escaso cabello, que en toda ocasión usa traje y corbata. El hombre inmóvil asegura que el anterior enfermero-entrenador odiaba a los perros, a pesar de que atenderlos era su obligación principal.

El hombre inmóvil parece haber construido su propia historia familiar. Ha inventado una suerte de pasado para la familia entera. Entre otras cosas, afirma que durante muchos años todos sus miembros estuvieron recluidos en diversas instituciones de caridad. Que se mantuvieron separados por cerca de veinte años. Para lograr estar juntos nuevamente, el hombre inmóvil asegura que la madre inició un largo recorrido cuando logró ser dada de alta del establecimiento donde la mantenían recluida. Fue de ese modo como la casa fue habitada nuevamente.

Cuando la madre apareció en la institución donde el hombre inmóvil creció, el hijo se resistió por todos los medios a que lo sacaran de allí. Pidió a unos enfermeros que lo escondieran en los almacenes de la parte trasera. Fue encontrado horas después. Entre los extraños sonidos que emitió para evitar su salida se pudo entender algo relacionado con una máquina de escribir. Aquella fue la segunda ocasión en que le era negada una máquina de ese tipo. La primera ocurrió poco después de conocer a un niño que le dijo que se dedicaba a escribir historias de perros héroes.

Según el relato del hombre inmóvil, la hermana tenía rango de sirvienta en la institución donde se encontraba internada. Únicamente manteniendo esa condición podía justificar no ser echada a la calle. Apenas se volvieron a ver, el hombre inmóvil y su hermana se repudiaron mutuamente. Eran dos perfectos desconocidos.

Nunca se supo de qué manera el hombre inmóvil consiguió el dinero necesario para adquirir los primeros Pastor Belga Malinois que mantenía en su casa. Sólo se tenía conocimiento de que aquellos perros fueron llevados a la casa por el enfermero-entrenador de ese entonces. Quizá esos animales no costaron un centavo. Existe la teoría de que el primer enfermero-entrenador aceptó el empleo porque no sabía qué hacer con una jauría de la cual era dueño. Durante los meses anteriores la suerte le había sido adversa. Se trataba de un entrenador en bancarrota.

Al apreciar las condiciones en que vive la familia, muchos se preguntan de dónde se consigue el dinero necesario para pagar no sólo los gastos de los perros sino el que ocasionan los seres humanos.

El actual enfermero-entrenador llegó a la casa con el fin de cumplir con cierto requisito académico: para graduarse como enfermero debía primero hacer un trabajo práctico voluntario. Pero a pesar de que el enfermero-entrenador el día de hoy está en capacidad de demostrar sus prácticas con el hombre inmóvil —y con eso acceder a un título a nombre de la nación—, jamás se le ha ocurrido regresar a su centro de estudios a recabar ningún documento.

Es difícil entender las circunstancias que hacen posible que el enfermero-entrenador continúe en la casa sin recibir ninguna remuneración. Cada vez que el enfermero-entrenador manifiesta su decisión de abandonarlo, el hombre inmóvil calla sus palabras con la amenaza de mandar matar a los animales. Al oírlo, el enfermero-entrenador baja siempre al primer piso. Allí, junto a la madre y a la hermana, cuenta que imagina una matanza bastante salvaje. El enfermero-entrenador recrea en esos momentos tanto a la persona capaz de llevar a cabo la carnicería como los métodos a utilizarse. El enfermero-entrenador cree que el verdugo será alguien conseguido a través de la Central de Informaciones. La madre y la hermana afirman que ante una situación de ese tipo se encerrarían aterradas en alguna de las jaulas.

En el momento de la matanza, el hombre inmóvil pedirá que Annubis sea el primer animal sacrificado. Luego de pronunciar estas palabras, dice sentir siempre un intenso dolor en la pierna que le duele con regularidad. El enfermero-entrenador abandona entonces todo lo que esté haciendo para comenzar un masaje terapéutico. Si el dolor no cede, el enfermero-entrenador debe introducirse en la cama del hombre inmóvil para calentar con su cuerpo la pierna adolorida. Para lograrlo lo despoja primero del auricular del teléfono atado a su cabeza y luego lo lleva cargado desde el sillón donde pasa las jornadas hasta la cama situada debajo de la jaula de los pericos de Australia.

Después de acomodar al hombre inmóvil bajo las cobijas, el enfermero-entrenador se acurruca a su lado. Antes de hacerlo desciende al primer piso a pedir uno de los acostumbrados permisos para acostarse con el hijo. El hombre inmóvil y el enfermero-entrenador se quedan juntos hasta la mañana siguiente. En más de una ocasión el hombre inmóvil ha dicho que aquella es la única manera de ver disipado su dolor.

En cierta oportunidad un sujeto, aprendiz de instructor canino para más señas, estuvo interesado en adquirir uno de los Pastor Belga Malinois del hombre inmóvil. Antes de darle la dirección, el hombre inmóvil sometió al sujeto a un examen minucioso. A través del teléfono le preguntó por sus características físicas principalmente. Como la casa del hombre inmóvil se encuentra en una calle enrevesada, mandó al enfermero-entrenador a que esperara al aprendiz de instructor en un cruce estratégico.

El día anterior a la llegada del aprendiz de instructor, el hombre inmóvil decidió cuáles podían ser los perros en venta. Sólo estarían a disposición del interesado los animales que más problemas presentaban. Uno que mordía sin control al primer extraño que se le ponía delante, y otro que mostraba una conducta más propia de un perro faldero que de un Pastor Belga Malinois.

En los últimos tiempos el prestigio del hombre inmóvil como entrenador de Pastor Belga Malinois ha decaído en forma notable. Quizá sea por el cambio en su carácter, que cada vez se hace más evidente. Muestra cada día una irritabilidad mayor, no sólo con los perros sino sobre todo con los dueños de otros animales. El desprestigio puede haberse producido también porque sus técnicas son ya obsoletas. El *ring francés* se moderniza cada día con una rapidez asombrosa. Asimismo se han inventado collares que lanzan discretos choques eléctricos, para que los perros obedezcan de una manera más efectiva las órdenes de sus entrenadores. En sus actuales condiciones, el hombre inmóvil no tiene la posibilidad de adquirir ya no sólo estos collares, sino ni siquiera los manuales que circulan naturalmente entre cualquier interesado.

Cuando el aprendiz de instructor llegó a la casa, la madre y la hermana se colocaron unos pañuelos en la cabeza y apagaron las luces del primer piso. Aquel día tuvieron que continuar en la oscuridad su labor con las bolsas. Al enterarse de la actitud de las dos mujeres el hombre inmóvil protagonizó tal escándalo, que a la madre y a la hermana no les quedó otra alternativa que despojarse de los pañuelos y encender las luces nuevamente. Durante aquella visita insultó más de una vez al enfermero-entrenador. Hizo además algo de lo que nadie pensó podía ser capaz: sacrificar sin inmutarse al ave de cetrería.

El aprendiz de instructor fue sentado en una silla colocada delante del sofá. El hombre inmóvil parecía haber organizado hasta en sus mínimos detalles la visita. Para comenzar, el aprendiz de instructor debía permanecer, todo el tiempo que durara su presencia en el cuarto, sentado en esa silla. El enfermero-entrenador debía salir del cuarto para ir sacando uno por uno a los perros de sus jaulas. Debía llevarlos después a la habitación. Mientras el enfermero-entrenador iba a buscar a los animales, el hombre inmóvil le explicaba al aprendiz de instructor la conducta que mostrarían en el cuarto. En cierto momento, el hombre inmóvil describió la forma en que uno de los perros iba a dar muerte al ave de cetrería. Los Pastor Belga Malinois se fueron comportando tal como lo profetizaba el hombre inmóvil. Llegado el momento fue violenta la destrucción del ave.

Durante la exhibición el enfermero-entrenador debió mantenerse en silencio. De ese modo hizo desfilar a todos los Pastor Belga Malinois con los que contaba el hombre inmóvil. En el grupo estaban mezclados los ejemplares de los que deseaban deshacerse. Sólo en una ocasión uno de los perros desobedeció las órdenes del hombre inmóvil. Shakura, la perra más vieja de la casa, se lanzó en un descuido sobre la pierna del aprendiz de instructor. El hombre inmóvil insultó entonces al enfermero-entrenador como nunca antes lo había hecho. De inmediato echó de la casa al inocente aprendiz de instructor.

Después de aquel incidente iba a ser imposible realizar la transmisión de mando necesaria para que alguien adquiriese alguno de los animales, gritaba el hombre inmóvil desde el sillón.

Luego de que el aprendiz de instructor abandonó la casa, el hombre inmóvil le ordenó al enfermero-entrenador que volviera a traer a Shakura al cuarto. Fueron agudos los aullidos que lanzó la perra al recibir el castigo de su amo.

De vez en cuando, la madre y la hermana le piden al enfermero-entrenador que las ayude con las bolsas de plástico que deben clasificar diariamente. Ni la madre ni la hermana le han dicho nunca al enfermero-entrenador la función que cumplen esas bolsas en sus vidas. Sin embargo, el enfermero-entrenador parece ser capaz de intuirlo.

Cada vez que la madre y la hermana solicitan el auxilio del enfermero-entrenador, el hombre inmóvil cae en una especie de ataque de nervios. Sabe que durante esos momentos quedará absolutamente solo. No parece tomar en cuenta la presencia en su cuarto ni de la eterna ave de cetrería ni de los pericos de Australia. El hombre inmóvil emite en esos momentos los ruidos necesarios para que los perros aúllen en forma constante. Es curioso cómo los Pastor Belga Malinois, a pesar de encontrarse a cierta distancia del cuarto, escuchan sin dificultad los sonidos que produce su amo.

Pese a las condiciones en que se debe trabajar, con el hombre inmóvil presa de un ataque de pánico y los perros aullando sin parar, la madre y la hermana saben que no están en condiciones de abandonar la tarea que están realizando. El enfermero-entrenador se enfrenta en ese momento a una disyuntiva. Sabe que el hombre inmóvil sufre por el abandono del que es víctima, pero sabe también que hay gastos económicos que atender. Trabaja con las bolsas vacías sin pensar en el desorden desatado a su alrededor. Al final, ni las mujeres ni el enfermero-entrenador podrán soportar más la situación y alterados dejarán el trabajo. El enfermero-entrenador subirá a la habitación y, aunque el hombre inmóvil no le diga que le está doliendo, masajeará la pierna que siempre le molesta. La madre y la hermana se mantendrán escondidas. Los empleadores no tardarán en venir a recoger las bolsas y en traer otras nuevas. Las mujeres deberán pedir entonces, una vez más, una de las acostumbradas treguas.

Esa noche, cuando el hombre inmóvil se encuentre dormido, la madre y la hermana trabajarán el doble de lo acostumbrado. En jornadas como aquella los Pastor Belga Malinois suelen mantenerse tranquilos, siempre y cuando el hombre inmóvil no haya pedido la presencia de Annubis para que pase la noche a su lado. En caso contrario los demás perros —percibiendo que Annubis es quien vela el sueño del amo— se mantendrán inquietos hasta la madrugada.

En noches como aquella el enfermero-entrenador tendrá que abandonar a cada momento la labor con las bolsas para visitar las jaulas. Pese a sus esfuerzos no logrará apaciguar a los perros del todo. Los Pastor Belga Malinois sólo se calmarán con las primeras luces del alba. A esa hora el enfermero-entrenador subirá al segundo piso para llevarle al hombre inmóvil una taza de té. El enfermero-entrenador sabe que en momentos así no puede ingresar de buenas a primeras al cuarto. Debe tocar antes la puerta con sigilo, buscando que el hombre inmóvil despierte e imparta las instrucciones necesarias para que Annubis no lo despedace apenas lo vea entrando con la taza. En amaneceres de esa naturaleza lo más probable es que el hombre inmóvil finja estar dormido. Que por más que oiga, no sólo los toques de puerta sino las palabras tiernas del enfermero-entrenador, haga el simulacro de no escuchar.

La madre y la hermana oirán angustiadas desde abajo el sinuoso despertar del hombre inmóvil. Necesitan con urgencia que el enfermero-entrenador regrese al primer piso y continúe ayudándolas con el trabajo. Ni la madre ni la hermana saben en realidad qué hacer con las bolsas de plástico que deben clasificar. Se limitan a acomodarlas en pilas una y otra vez. La verdadera labor suele efectuarla siempre el enfermero-entrenador. Mientras el hombre inmóvil no conteste y siga haciéndose el dormido es poco lo que se puede avanzar. No es que la madre y la hermana no amen al hombre inmóvil y deseen de buena fe que despierte y beba el té caliente. Incluso disfrutan del tono con el que el enfermero-entrenador, manteniendo la taza en equilibrio, anuncia la llegada del nuevo día.

Annubis se mantiene en silencio. Sin embargo, sus orejas se encuentran en actitud de alerta. Parece esperar cualquier orden para entrar en acción. El hombre inmóvil de pronto abre un ojo. Según su costumbre despegará el otro diez minutos después. Quizá le gustaría continuar hasta el infinito con ese juego. De abrir y cerrar los ojos sin parar. Sabe que en momentos así los demás penden de un hilo. Sabe también que piensan, aunque sean incapaces de manifestarlo, que puede incluso estar muerto.

En caso de que el hombre inmóvil no fuera más que un cadáver sería una verdadera proeza recuperarlo. Annubis daría la vida antes de permitir que alguien pusiera un dedo sobre el cuerpo inerte de su amo. El hambre que el hombre inmóvil comienza a sentir termina siempre poniendo punto final a la situación. Su estómago empieza a crujir levemente. Desde las seis de la tarde del día anterior no ha probado bocado. A esa hora el enfermero entrenador le subió algo ligero. El enfermero-entrenador termina su manera de despertar al hombre inmóvil ofreciendo en voz alta, junto con la taza de té, un emparedado que preparará de inmediato. Sólo en ese momento el hombre inmóvil emitirá un ruido, mínimo además. Annubis aullará acompañando los sonidos de su amo. Abajo, la madre y la hermana no podrán contenerse y reirán a hurtadillas. El enfermero-entrenador entra entonces en el cuarto para dejar la taza en la mesa de noche. Annubis gruñe ligeramente. No llega a atacar, pues el mínimo ruido que produjo la garganta del hombre inmóvil es en realidad una orden para mantenerlo tranquilo.

El enfermero-entrenador sale del cuarto segundos después. Baja las escaleras con desesperación. No parece importarle tropezar y caer. Pasa corriendo delante de la madre y de la hermana, que lo miran plenas de esperanza. Antes de volver a sentarse con ellas deberá ir a la cocina a preparar el emparedado prometido. Todavía no ha amanecido. A lo lejos se escucha el rumor de los coches que van y vienen del aeropuerto.

Según la versión del hombre inmóvil, cuando nació fue llevado a una institución caritativa para que lo criaran debidamente. Tomando en cuenta las características de la criatura, ciertos científicos no consideraron apta a la madre para una responsabilidad maternal de esa naturaleza, suele señalar. El hombre inmóvil asegura que apenas la dieron de alta en el hospital donde dio a luz, la madre regresó sola a su casa y con la poco noble intención de asfixiar a su hija. En aquella época la casa sólo constaba de una habitación. La hermana del hombre inmóvil se salvó a último momento de aquel arrebato homicida. Algunos vecinos —que acudieron a dar la bienvenida y a devolver a la hija que la madre había dejado encargada durante los días en que estuvo internada en el hospital— fueron testigos de la exaltación de aquella mujer, que al menor descuido —ni siquiera permitió que los vecinos regresaran a sus casas— puso una almohada en la cara de la aterrorizada criatura. *Síndrome de estado puerperal*, diagnosticaron los mismos científicos que días atrás le habían arrebatado la tutela del hijo.

De acuerdo con lo que acostumbra afirmar el hombre inmóvil, la madre fue recluida a instancia de los vecinos. Al principio parece que no quisieron aceptarla en ninguna institución. Tuvo que intentar prender fuego a su hogar, una semana después del intento de asesinato, para que las autoridades tomaran cartas en el asunto. Esta es una de las versiones que más repite el hombre inmóvil, por la cual parece querer explicar las razones por las que no creció dentro de lo que se puede llamar un típico núcleo familiar.

Durante cerca de veinte años los miembros de la familia se mantuvieron lejos uno del otro. Desde el principio la hermana extrañó de manera desmesurada a la madre. Nunca se acostumbró a la separación. Quizás aquella fue la razón por la que perdió buena parte de los dientes en un tiempo relativamente corto. Las cejas y pestañas, en cambio, se le fueron cayendo en forma gradual. El hombre inmóvil asegura, y con eso consigue que la hermana al enterarse experimente accesos de coraje difíciles de manejar, que durante sus años de internamiento fue tratado a cuerpo de rey. Afirmaba que disponía de tres enfermeras de tiempo completo, a quienes todos los días les solicitaba la lámina recortada de algún perro. En ese tiempo no mostraba predilección por ninguna raza en particular. Alrededor de su cama conservaba una serie de figuras de spaniels, teckels, perdigueros y perros alanos. Algunas estaban pegadas en las paredes. Otras se amontonaban en un cajón del pequeño ropero con el que contaban los niños de la institución.

Por aquellos años conoció a un niño que había escrito un libro sobre perros de vidas heroicas. Aquel niño lo había ilustrado con figuras recortadas, parecidas a las que se multiplicaban alrededor de su cama. El niño escritor llegó de visita al pabellón durante el mes de octubre de 1967. Acababa de hacer, esa misma mañana, la Primera Comunión. La parroquia donde la realizó había organizado aquella visita piadosa. Días antes los responsables aclararon a los preocupados padres de familia que no se recorrerían las zonas de niños con enfermedades infecciosas. El peregrinaje incluiría sólo las de los pacientes quemados o con problemas psicomotores.

Al niño escritor parece que le llamó especialmente la atención una paciente a la que le faltaba parte de la nariz. Quizá por eso le entregó íntegro el contenido de la bolsa de regalos que llevaba consigo. Tenía dos docenas de sorpresas envueltas en papel de colores. Siempre de acuerdo a la versión del hombre inmóvil, cuando el niño vio las láminas de perros recortadas en las paredes del sanatorio, aseguró que era escritor y que había compuesto un libro acerca de perros héroes. Dijo también que una vez que lo terminó su abuela fue la única interesada en leerlo.

Esa misma tarde el hombre inmóvil pidió por primera vez en su vida una máquina de escribir. La solicitó a las enfermeras que velaban por su bienestar. Al igual que aquel niño, quería escribir una serie de historias. Las había imaginado mientras miraba las láminas que las enfermeras le recortaban diariamente. El hombre inmóvil —que como imaginamos era en aquel entonces todavía un infante— sólo volvió a solicitar una máquina de escribir cuando fue retirado de la institución.

El hombre inmóvil a veces le relata al enfermero-entrenador historias relacionadas con los treinta Pastor Belga Malinois que mantiene en su casa. También con el ave de cetrería que debía ser tapada con una caja de madera cada vez que los perros entraban al cuarto. A veces incluso con los pericos de Australia. Mientras estructura aquellos relatos —de una manera lenta y confusa— el hombre inmóvil olvida que la madre, la hermana y el enfermero-entrenador trabajan en la planta baja con las bolsas que siempre llevan atraso en entregar. La madre y la hermana aprovechan cualquier momento de embeleso del hombre inmóvil para llamar al enfermero-entrenador —quien sale del cuarto sin que el hombre inmóvil lo advierta—, y avanzar con premura en el trabajo que tienen encomendado. Ambas recuerdan siempre que fueron precisamente las bolsas de plástico las que reunieron nuevamente a la familia. El enfermero-entrenador intenta con frecuencia conocer detalles de cómo aquellas bolsas lograron que vivieran nuevamente juntos.

Pese a que el enfermero-entrenador sabe que es una farsa el asunto de la reclusión en distintas instituciones, actúa como si ese pasaje en la vida de los habitantes de la casa fuera verdad. Cuando pregunta a las mujeres sobre el pasado familiar, sólo logra que se produzca un respetuoso silencio. Ambas mujeres están convencidas de que aquel estado, en que el silencio forzado crea una especie de tensión, hace que la labor transcurra en la mejor de las condiciones. Por esa razón, y seguramente para mejorar la producción obtenida, las mujeres incitan todo el tiempo al enfermero-entrenador a que pregunte cómo fue posible que las bolsas de plástico reunieran nuevamente a la familia. El silencio termina cuando en el segundo piso el hombre inmóvil, produciendo sus habituales sonidos, logra una reacción en cadena de ladridos que compromete a los treinta Pastor Belga Malinois que se mantienen en la casa. En situaciones así el enfermero-entrenador sube de inmediato las escaleras.

El hombre inmóvil le dice todos los días al enfermero-entrenador que le gustaría mantener nuevamente una conversación con el niño que treinta años atrás le dijo que había escrito un libro sobre perros héroes. Ese recuerdo hace que cada vez con mayor frecuencia olvide la relación existente entre los Pastor Belga Malinois y las naves espaciales. Incluso olvida también el mapa de América Latina, que se mantiene colgado en una de las paredes del cuarto. El hombre inmóvil suele decirle al enfermero-entrenador que desea conversar con el niño alrededor de las seis de la tarde, hora exacta en que aquel niño abandonó el pabellón del hospital donde el hombre inmóvil se encontraba recluido. Su deseo a veces se vuelve un tanto exaltado. El enfermero-entrenador busca entonces diversas formas de calmar su ansiedad. La más usual consiste en llevar al cuarto todos los perros que habitan en la casa. Cada uno de los Pastor Belga Malinois tiene un tiempo determinado para permanecer en el cuarto. Se cuenta con un promedio de diez minutos por animal. Cuando se presenta una situación de este tipo, el enfermero-entrenador dedica unas cuatro horas a la tarea. Antes de llevar al primer perro, el enfermero-entrenador debía colocar la caja de madera encima del ave de cetrería. Los pericos de Australia en ese momento suelen encontrarse tapados con una manta que representa el sistema solar.

A pesar de que el enfermero-entrenador nunca ha olvidado hacerlo, el hombre inmóvil le recuerda siempre —la mayoría de las veces con gritos exaltados— que coloque la caja de madera encima del ave de cetrería antes de llevar los perros al cuarto. Se lo ordena incluso cuando el ave ya no está más en la habitación. Sólo después de que el último Pastor Belga Malinois visita la habitación, el enfermero-entrenador se ocupa de las necesidades vitales de aquel pájaro. Cuando el ave de cetrería no había sido aún despedazada delante del aprendiz de instructor, el enfermero-entrenador se dirigía a esa hora al primer piso y sacaba de un frasco uno de los ratones que criaba como alimento del ave. Solía mantener media docena de esos roedores, que renovaba una vez por semana con ratones nuevos que compraba en el mercado. El enfermero-entrenador introducía al ratón escogido en un aparato que el hombre inmóvil había bautizado como transportador de alimañas. Se trataba de un pequeño tubo de malla metálica que contaba con una agarradera en la parte superior. Cuando regresaba a la habitación, el enfermero-entrenador destapaba la caja del ave y le desamarraba la pata. Luego abría la puerta del transportador y azuzaba al ratón para que saliera corriendo. Era indescriptible el caos que se desataba en el cuarto cada vez que el pájaro se disponía a cazar al roedor que acaban de soltar. Curiosamente, cuando el ave desordenaba en forma desesperada los objetos a su alrededor, era uno de los pocos momentos en los que el hombre inmóvil reía de manera distinta a la que todos le conocían. Ensayaba una sonrisa que de alguna manera podría considerarse como beatífica.

Entretanto, y en virtud de los acontecimientos, en la planta baja la madre y la hermana cubrían sus cabezas con un par de bolsas de plástico. Salían después de la casa. Parecía que no hubieran podido soportar el revuelo que desataba el pájaro tras su presa.

Desde la ventana del segundo piso el enfermero-entrenador mira a las dos mujeres alejarse. En momentos así nunca puede saberse si van a volver. Fíjense: el hombre inmóvil mantiene inalterable su particular sonrisa.

Perros héroes terminó de imprimirse en mayo de 2003, en Encuadernación Ofgloma, S.A. Calle Rosa Blanca No. 12, Col. Ampliación Santiago Acahualtepec, C.P. 09600, México, D.F. Composición tipógrafica: Sergio Gutiérrez. Cuidado de la edición: Ramón Cordoba. Corrección: Elizabeth Wocker y Lilia Granados.